JULES LÉVY

UN JURÉ

COMÉDIE EN UN ACTE

PARIS. — Ier

P.-V. STOCK, EDITEUR

(Ancienne Librairie TRESSE & STOCK)

155, RUE SAINT-HONORE, 155

Devant le Théâtre-Français

—

1911

A LA MÊME LIBRAIRIE

PIÈCES EN UN ACTE POUR HOMMES SEULS

UN JURÉ

COMÉDIE EN UN ACTE

Représentée pour la première fois, à Paris,
sur le théâtre des Fantaisies-Parisiennes, le 13 avril 1903

JULES LÉVY

UN JURÉ

COMEDIE EN UN ACTE

PARIS. — Ier

P.-V. STOCK, EDITEUR
(Ancienne Librairie TRESSE & STOCK)
155, RUE SAINT-HONORÉ, 155

1911

PERSONNAGES

BAUDRICOURT, 46 ans	MM. Matrat.
VALENTIN, 37 ans.	Mosnier.
CLÉMENT, 29 ans	Lauff.
UN CAMELOT, 19 ans	Verse.
UN AGENT.	Degeorge.

UN JURÉ

Le théâtre représente l'intérieur du bureau de la maison Baudricourt et Valentin. A gauche, le bureau de Valentin, à droite celui de Baudricourt, ils sont l'un et l'autre surchargés de dossiers, de paperasses et d'objets de bureau. Ameublement complet, chaises et fauteuils, à droite, un coffre-fort, à côté du bureau de Baudricourt. Porte au fond, au second plan, portes à droite et à gauche.

SCÈNE PREMIÈRE

VALENTIN, CLÉMENT.

Au lever du rideau, Valentin est assis au bureau de gauche, Clément est debout devant ce bureau, il prend des mains de son patron les pièces que celui-ci lui remet pendant la première réplique.

VALENTIN.

Tenez, monsieur Clément, vous allez distribuer

ce courrier. Ces lettres à la province, celles-ci au service de la commission. Vous demanderez à M. Painvert s'il pense que la commande Juvenard sera complétée dans le courant de la semaine, à M. Charles, si les expéditions de Madagascar avancent, et à M. Turpin, s'il a reçu l'envoi de la maison Gailleton et C*ie; vous demanderez également à M. Monmire s'il a le nécessaire pour les échéances d'aujourd'hui. Vous vous souviendrez de tous ces détails?

CLÉMENT.

Oui, monsieur Valentin.

VALENTIN.

J'ai la tête perdue, mon pauvre Clément, je suis obligé d'assumer l'entière responsabilité de la marche des affaires de la maison, et ce, pendant une période de quinze jours. Baudricourt est du jury.

CLÉMENT.

M. Baudricourt doit être joliment content; je l'ai entendu dire bien souvent qu'il briguait cet honneur.

VALENTIN.

Il est au comble de ses vœux; il fait partie de la liste que le sort a désignée pour siéger pendant la présente session, mais moi, en attendant, j'en ai par dessus la tête. Tenez, voilà encore toute une partie du courrier qui n'est pas décachetée. Baudricourt ne rentrera pas avant six heures, c'est à peine si j'aurai terminé, puisqu'il faut que je donne les signatures avant cinq heures et demie Allez, vous reviendrez quand je vous sonnerai. Je ne recevrai personne; s'il vient des importuns, éloignez-les.

CLÉMENT.

Bien, monsieur !

Il sort.

SCÈNE II

VALENTIN, puis BAUDRICOURT.

VALENTIN.

Il doit jubiler cet animal-là ! — Pourvu que je
puisse le voir aujourd'hui ! Hier, l'audience des
assises a dû finir à une heure très avancée ; il
n'était pas de retour quand je suis parti ; il est
vrai que, pour le début de la session, ces braves
gens ont acquitté une femme qui avait tué son
mari. Ont-ils eu tort ? Ont-ils eu raison ? Je me le
demande. Je possède un grand fond de clémence
et de pitié et cependant j'aurais condamne celui
qui tue doit être puni.

BAUDRICOURT, entrant de droite.

Bonjour, Valentin.

VALENTIN.

Comment, toi, déjà ?

BAUDRICOURT.

Est-ce un reproc

VALENTIN.

En aucune façon, mais comme hier tu n'es rentré qu'après la fermeture des bureaux, je pensais
qu'il en serait de même chaque fois que tu siége-
rais. Le sort t'aurait-il épargné pour la corvée
d'audience d'aujourd'hui ?

BAUDRICOURT.

Non, j'ai siégé et nous avons condamné en cinq
sec un misérable que le Ministère Public nous
avait recommandé! Mais il en est un autre qui
nous a fait faux bond. Ce matin, on l'a trouvé
pendu dans sa cellule. C'est un caissier qui avait
pris cinq cents francs dans la caisse de son patron,
pour, soi-disant, soigner sa femme qui allait le
gratifier de son neuvième rejeton; il a mieux aimé
les quitter d'une façon définitive, c'est un lâche!

VALENTIN, sursautant.

Hein! Un lâche! Et comment?

BAUDRICOURT.

En désertant la vie ainsi qu'il l'a fait, il est parti
sans payer sa dette à la société. La mort éteint
les actions criminelles; le voilà quitte avec son
patron.

VALENTIN.

Et sa femme? Et ses enfants?

BAUDRICOURT.

Le président a totalement oublié de nous donner
de leurs nouvelles.

VALENTIN

Il me semble pourtant que voilà des êtres dignes
d'intérêt. Que vont-ils devenir?

BAUDRICOURT.

Est-ce le rôle de la société de nourrir les enfants
de ceux qui la dépouillent?

VALENTIN.

Le rôle de la société est de secourir les gens
dans le besoin. Enfin, aujourd'hui, vous avez été
plus féroces qu'hier.

BAUDRICOURT.

Ah! tu sais qu'hier...

VALENTIN.

Oui, par extraordinaire, j'ai jeté un coup d'œil
là-dessus ce matin, car moi je ne lis jamais les
comptes rendus judiciaires. parce que cela m'é-
cœure. Je trouve que l'arsenal de nos lois est su-
ranné, je trouve qu'il y a, dans tous les « considé-
rant » et les « attendu », un vieux reste de barbarie
qui me répugne; je trouve que tout cela devrait
être refondu; je trouve que nos législateurs perdent un temps précieux et qu'au lieu de se cha-
mailler ainsi qu'ils le font pour des questions
d'intérêts personnels, ils devraient, de temps en
temps, songer un peu plus aux mandats qui leur
sont confiés et chercher à améliorer l'homme au
lieu de le rendre plus mauvais; je trouve un tas
d'autres choses, mais aussi je constate combien il
est difficile de réaliser les beaux rêves auxquels je
me complais et je m'incline, parce que je ne peux
pas faire autrement.

BAUDRICOURT.

Tu n'es qu'un révolutionnaire!

VALENTIN.

Moi! Oh la! la! mon pauvre ami, que nous sommes loin de compte, je n'ose pas espérer un chan-
gement; les choses sont, à mon avis, dans un tel
état de pourriture, qu'il me semble que la société
qui essaierait de secouer ses puces, dégagerait une
telle infection autour d'elle, qu'on serait obligé
de se boucher le nez et de jeter du chlore.

BAUDRICOURT.

Tu acceptes donc les lois comme elles sont?

VALENTIN.

A mon corps défendant.

BAUDRICOURT.

Tout le monde n'est pas de ton avis, heureuse-
ment, et je suis fier d'exercer mon pouvoir de citoyen, de juge de ses semblables.

VALENTIN.

Ah ça! tu te crois donc infaillible, pauvre ami?

BAUDRICOURT.

Je ne veux pas me faire passer pour meilleur
qu'un autre, mais appelé par mon devoir à juger
les actes malhonnêtes, si je les juge tels, je le dis,
et on applique la loi à celui qui encourt le châti-
ment.

VALENTIN.

Tu es sûr que cette loi, c'est la justice ?

BAUDRICOURT.

Parbleu ! oui, puisque c'est la Loi.

VALENTIN.

Belle logique, en vérité ! La loi est ton évangile,
et pas un seul instant tu n'oses te demander si cette
loi que tu vénères n'a pas quelques défauts.

BAUDRICOURT.

Crois-tu que cela nous empêche d'être bons ?
Ainsi, cette femme que nous avions à juger hier,
nous n'avons pas hésité, nous l'avons acquittée à
l'unanimité.

VALENTIN.

Elle avait tué.

BAUDRICOURT.

Oui, mais elle avait une excuse ; son mari était

un chenapan, un paresseux qui laissait travailler
sa femme et qui la trompait.

VALENTIN.

Alors, cette femme a cru qu'elle avait le droit
de tuer son mari ?

BAUDRICOURT.

Oui.

VALENTIN.

Et vous l'avez affermie dans son erreur, il y a un
précédent: si elle recommence, vous serez ses com-
plices.

BAUDRICOURT.

Tu dis des bêtises!

VALENTIN.

Et toi, tu es la sagesse même, puisque tu juges.
Alors, aujourd'hui, vous avez condamné ?

BAUDRICOURT.

Oui, et tu vas voir que nous y avons mis une
certaine discrétion Nous avions deux individus
qui comparaissaient dans la même affaire.

VALENTIN.

Il y en a un qui est mort, je sais cela.

BAUDRICOURT.

Non, tu n'y es pas, tu confonds Le voleur était
seul, son affaire est enterrée.

VALENTIN

Avec lui.

BAUDRICOURT

Avec lui... C'est une autre affaire qui amenait
du même coup deux individus. Des faux monnayeurs.

VALENTIN.

Ah! ah! voilà qui est grave! Ces gens là ont dû causer un préjudice considerable à la société ; aussi vous ne les avez pas ratés.

BAUDRICOURT.

Considérable n'est pas le mot juste. Je vais te donner des détails.

VALENTIN.

Vas-y ; je t'écouterai en décachetant ce qui reste du courrier.

BAUDRICOURT.

Veux-tu que je te donne un coup de main ?

VALENTIN.

C'est inutile! J'étais disposé à tout faire par moi-même aujourd'hui. Et puis tu m'intéresses, tu me représentes si complètement la société, stupide dans l'ensemble de ses raisonnements, que j'éprouve une satisfaction à t'écouter.

BAUDRICOURT.

Tu n'es pas en veine de compliments.

VALENTIN.

Allons! Allons! l'histoire des faux monnayeurs, s'il te plait?

BAUDRICOURT.

Voilà. L'un se nomme Gilmard, et l'autre Taponnet ; l'aîné a vingt-trois ans, le p'us jeune en a dix-neuf, ils sont tous deux camelots.

VALENTIN.

Cela pue la banalité.

BAUDRICOURT.

Ils vivent assez misérablement, ces gaillards là ;

en politique, ils n'ont pas d'idées bien arrêtées
ainsi, le matin ils vendent *l'Aurore* et le soir *la Patrie.*

VALENTIN.

En somme, tes camelots sont marchands de journaux?

BAUDRICOURT.

Oui. Entre temps, Gilmard fait des raccommo-
dages de chaussures et Taponnet ouvre les portiè-
res le soir devant les cafes et a la sortie des théâ-
tres.

VALENTIN.

Ce sont des gens qui travaillent, ils ne perdent
pas leur temps il profitent de la nuit pour fabri-
quer de la fausse monnaie?

BAUDRICOURT.

Ils n'ont rien fabriqué. Laisse-moi te raconter;
tu m'interromps tout le temps.

VALENTIN.

Je suis tout oreilles.

BAUDRICOURT.

Gilmard, qui tous les soirs suivait la ligne des
boulevards, avait une clientèle fixe, et dans sa
clientèle un monsieur, assez chic, parait-il, qui lui
prenait à crédit le journal de temps en temps. Ce
monsieur, dont, malheureusement pour lui, Gilmard ignore le nom et l'adresse, se tenait à la ter-
rasse d'un cafe du boulevard des Italiens. Quand
Gilmard passait, il prenait son journal *La Patrie* et
il disait au camelot « Je vous payerai demain. »
Au bout de quatorze jours, Gilmard en a eu assez,
il a réclamé le payement de son compte, et, comme

il y mettait une certaine insistance, le client lui
avoua ne pas avoir d'argent, cependant, il avait
dans sa poche trois pièces d'un franc qui étaient
fausses, il les offrit en paiement au camelot, qui
les prit et qui n'a jamais revu son client depuis
ce soir-là.

VALENTIN.

Trois pièces d'un franc ?

BAUDRICOURT.

Trois! Voilà donc Gilmard en possession de fausse
monnaie, dont il voulait tirer parti. D'après ce
qu'il a raconté dans son interrogatoire, il n'a pas
osé les mettre dans la circulation, il était fort em-
barrassé de ses pièces et il s'en ouvrit à son cama-
rade Taponnet. Celui-ci n'eut pas les mêmes scru-
pules; il dit à Gilmard que, s'il voulait les lui
confier, il les passerait sûrement, mais il lui im-
posa cette condition que le produit serait partagé
en parts égales. Le marché fut conclu et Taponnet
s'en alla trouver une marchande de pommes de
terre frites, chez laquelle il acheta pour un sou de
marchandises ; il reçut quatre-vingt-quinze centi-
mes et un cornet de pommes de terre en échange
d'un franc faux ; deux heures après, il recommença
le même manège, et, comme il revenait à la charge
une troisième fois, la marchande, qui s'était aper-
çue de la supercherie, fit signe à un agent, Taponnet, appréhendé, fut conduit chez le commissaire.

VALENTIN.

On a bien fait.

BAUDRICOURT.

Tu vois, tu es de mon avis.

VALENTIN.

Oui, on ne doit pas ainsi voler les gens; il savait
que les pièces étaient fausses, il ne devait pas les
mettre dans la circulation.

BAUDRICOURT.

C'est ce que prévoit l'article 132 du Code pénal,
qui assimile au fabricant, à celui qui émet de la
fausse monnaie, le citoyen qui, sachant qu'il com-
met une mauvaise action, met dans la circulation
une pièce dont il n'ignore pas l'état.

VALENTIN.

Alors, vous avez condamné Taponnet à trois mois
de prison ?

BAUDRICOURT.

Non. Taponnet a été acquitté.

VALENTIN.

Comment ?

BAUDRICOURT.

Oui, parce qu'il avait dénoncé son complice Gilmard, et la loi, dans ce genre d'affaires, fait béné-
ficier le délateur d'un acquittement.

VALENTIN.

Mais, d'après ce que tu m'as raconté, Gilmard a
pris d'une main et donné de l'autre.

BAUDRICOURT.

Rien de plus juste. toutefois, il doit être consi-
déré comme l'auteur principal.

VALENTIN.

Et c'est lui qui a les trois mois de prison ?

BAUDRICOURT,

Trois mois de prison? Comme tu y vas; on voit

bien que tu ne connais pas la loi. L'article 132, qui vise la fabrication et l'émission de fausse mon-naie, dit que le délinquant sera condamné aux tra-vaux forcés à perpétuité; toutefois, l'article 463, qui permet de modérer la peine, lorsque le jury accorde des circonstances atténuantes, a eu pour Gilmard l'heureux effet de lui faire attribuer le minimum.

VALENTIN.

Et ce minimum, c'est?

BAUDRICOURT.

Cinq ans de réclusion.

VALENTIN.

Non!?!

BAUDRICOURT.

Parfaitement.

VALENTIN.

Non, tu blagues?!

BAUDRICOURT.

Je sais ce que je dis.

VALENTIN.

Pour trente-huit sous, plus deux cornets de fri-tes, ce monsieur a cinq ans de réclusion à faire et, s'il n'avait pas bénéficié des circonstances atté-nuantes, on l'envoyait au bagne pour y finir ses jours?

BAUDRICOURT.

C'est la loi!

VALENTIN.

Et, connaissant les rigueurs de la loi, vous ne l'avez pas acquitté purement et simplement.

BAUDRIGOURT.

Mon vieux, la société a besoin d'être protégée.
Où irions-nous, bonté du ciel ! si tous ces galvau-
deux se permettaient de mettre dans la circulation
toutes les pièces fausses qu'il leur plairait d'avoir !
ce serait la faillite des affaires !?

VALENTIN.

Toujours la même balançoire ! L immortelle lé-
gende du Veau d'or !! Quand il s'agit d'argent, la
société tremble dans sa culotte. Entre une exis-
tence enlevée et deux pièces d'un franc qui n'ont
pas cours, vous, jurés, vous, représentants de la
société, vous n'avez pas une minute d'hésitation.
Vous acquittez l'être qui tue et vous condamnez à
cinq ans de réclusion celui qui a trompé un imbé-
cile qui, au besoin, n'avait qu'à faire attention et
ne pas accepter ces pièces c'est ce que vous ap-
pelez de la protection!! Mais c'est à mourir de
rire, si l'on n'en veut pas pleurer. Voilà ce qu'est
la Loi et ce que vous croyez la Justice. Non! si
jamais je venais à être appelé à faire partie du jury,
je me mettrais au lit pour quinze jours, je me flan-
querais une bonne fièvre de cheval; j'aimerais
mieux être malade à crever que d'appliquer la loi
qu'on voudrait me faire prendre pour la justice.
Ah non! ça, jamais !

BAUDRIGOURT.

Cependant, mon vieux. .

VALENTIN.

Je te dis et je te répète, encore une fois, que le
progrès a marché, que nous sommes dans une pé
riode de transition, que ce qui était bien autrefois
est mauvais aujourd'hui. Tu as conservé, toi, les

principes d'antan et, moi, j'entrevois l'application des principes d'après-demain; je n'approuve pas du tout ce qui existait et je constate avec un grand chagrin que les lois qui nous régissent ne sont plus en rapport avec nos mœurs. L'Esprit et la Science ont été de l'avant; les règlements sont restés stationnaires et voilà tout.

BAUDRICOURT.

Tu raisonnes comme si tu étais un de nos employés.

VALENTIN.

Je raisonne comme un être intelligent; un employé a très souvent plus de bons sens que son patron.

BAUDRICOURT.

J'excuserais ta mauvaise humeur si tu pouvais m'indiquer le remède au mal qui nous envahit, si toutefois le mal existe.

VALENTIN.

Voilà le grand malheur; je ne suis qu'une individualité et je ne puis catéchiser les gens pour les convertir; il n'est pas donné à tout le monde d'être remueur de masses, et puis, l'homme est si bête qu'il ne veut pas permettre qu'on le puisse améliorer; il contemple les choses avec une placidité révoltante, et il n'est pas rare de rencontrer des gens qui souhaitent des verges qui les fouetteraient d'importance. Où est-il le grand homme qui, faisant abnégation de toute ambition et de toute popularité, irait partout prêcher la tolérance et la bonté, qui seules permettraient aux humains de vivre dans de meilleures conditions?

BAUDRICOURT.

Tout cela est, j'en conviens, fort beau en théorie ; quant à mettre en pratique les idées que tu exposes, c'est une autre paire de manches. Contentons-nous donc de ce que nous avons, et puisque l'homme qui fait partie d'une société doit accepter les droits, les devoirs et les obligations qui lui sont imposés ; n'hésitons pas, soyons optimistes et remplis de philosophie, prenons les choses comme elles sont.

VALENTIN.

Même si nous les trouvons mauvaises ?

BAUDRICOURT.

Oui.

VALENTIN.

Eh bien, mon cher Baudricourt, tu es pétri d'une bonne pâte, je t'admire, sans partager en aucune façon ta manière de voir.

BAUDRICOURT.

Ce n'est ni toi, ni moi qui verrons ces temps meilleurs. Alors, à ton avis, tu crois que la presse va nous blaguer parce que nous avons condamné Gilmard et acquitté la femme Robin ?

VALENTIN.

La presse !! Oh ! mon cher ami, tu retardes, voilà une question qui l'émeut bien peu. Crois-tu que les journalistes perdent leur temps à distinguer le bon grain de l'ivraie ? Voilà encore une de ces bonnes maladies modernes. L'opinion de la presse !! Mais non, mon cher Baudricourt, la presse est devenue avec le temps une machine à enregistrer les événements ; elle marque les coups et ne fait pas

autre chose ; les mœurs modernes l'ont voulu ainsi.
Cherche dans un journal une critique politique,
littéraire, dramatique, artistique ou judiciaire, tu
ne la trouveras plus. Il était un temps où cela
comptait; mais, petit à petit, les habitudes et les
exigences du public ont changé tout cela. Tiens,
je préfère ne pas te donner mon opinion sur le
journalisme actuel, cela nous entraînerait trop loin
et m'obligerait à réfuter une série d'arguments
que tu ne manquerais pas de me donner, parce
que les hommes de ta trempe possèdent une ri-
bambelle d'aperçus et de lieux communs qui cou-
rent les rues et qui sont à ce point ridicules qu'il
vaut mieux n'en point parler.

BAUDRICOURT.

Aussi n'en parlons plus et occupons-nous d'affaires sérieuses ; tu n'as rien à me signaler d'impor-
tant dans le courrier ?

VALENTIN.

Rien d'extraordinaire.

BAUDRICOURT.

L'échéance d'aujourd'hui a été régulièrement
faite ? Il n'y a pas eu d'anicroches ?

VALENTIN.

Je te dirai cela ce soir, le garçon de recettes
n'est pas encore rentré.

BAUDRICOURT.

C'est vrai, je ne sais plus où j'ai la tête.

VALENTIN.

Ta situation de juré te préoccupe à ce point
qu'elle t'empêche d'avoir la notion exacte des choses.

BAUDRICOURT.

Il est vrai que cela m'intéresse enormement. Je
suis curieux de savoir ce que les journaux du soir
vont dire de notre verdict d'aujourd'hui.

Il sonne.

VALENTIN.

Qu'est-ce que tu fais?

BAUDRICOURT.

Je veux me rendre compte.

SCÈNE III

Les Mêmes, CLÉMENT.

BAUDRICOURT.

Clément, allez donc m'acheter *la Patrie*, elle doit
être parue.

CLÉMENT.

Bien, monsieur.

Il va pour sortir.

BAUDRICOURT.

Attendez ! (Il se fouille.) Voilà cent sous.

Il veut remettre une pièce a Clement, mais la pièce tombe
a terre laisse entendre un son douteux.

VALENTIN.

Oh! oh ! voilà une pièce qui n'a pas l'air très ca-
tholique.

CLÉMENT, qui a ramassé la pièce.

Parbleu ! elle est en plomb.

BAUDRICOURT.

En plomb ? Allons donc ! Faites voir ? (Il prend la pièce et l'examine.) C'est une pièce qui a une paille.

VALENTIN, lui prenant la pièce des mains.

Ah ! mon pauvre ami, tu te trompes ; c'est une pièce qui est bel et bien en plomb.

BAUDRICOURT, reprenant la pièce.

Qu'est-ce qui a bien pu me passer ça ?

VALENTIN.

Un malin que tu ne connais pas. (A Clément, en lui tendant une pièce d'un sou.) Tenez, voilà un sou, allez faire la commission de Baudricourt.

BAUDRICOURT, lui arrêtant le bras.

Mais pas du tout, mon vieux. (A Clément, en lui remettant la pièce.) Je me suis laissé coller la pièce sans m'en apercevoir, je puis bien la repasser allez !

Clément sort.

SCÈNE IV

BAUDRICOURT, VALENTIN.

VALENTIN.

Mon cher, je ne te reconnais plus ; tu fais bon marché de tes convictions, et tu as une morale d'une élasticité peu commune.

BAUDRICOURT.

Je te ferai remarquer que si je savais qui m'a passé cette pièce, je l'aurais conservée pour la re-

mettre à son ex-propriétaire ; mais comme j'ignore
qui l'a possédée avant moi, je ne vois pas pourquoi
j'irais perdre cent sous. Elle a passé une première
fois, elle continuera son petit bonhomme de chemin.

VALENTIN.

Mais tu es cent fois plus coupable que ton individu de tantôt ; tu n'es pas un camelot, toi ; tu as
les moyens de perdre cinq francs, cela ne t'empê-
chera pas de manger. C'est égal, à ta place, je
n'aurais pas la conscience tranquille.

BAUDRICOURT.

C'est justement parce que je ne suis pas un camelot, que je n'ai rien à craindre ; je suis au-des-
sus de cent sous. Si celui auquel la pièce sera
remise s'aperçoit qu'elle ne vaut rien, je lui en
donnerai une autre ; c'est simple comme bonjour.

VALENTIN.

En attendant, c'est toi qui remets cette pièce
dans la circulation, malgré le constat que tu as
fait de son état de fausseté.

BAUDRICOURT.

Et puis, après ? Je suis un homme établi, on
verra bien que je n'ai pas essayé de tromper les
gens.

VALENTIN.

Un homme établi est un citoyen comme un autre. Tu es impayable, ma parole d'honneur ! Tu
trouves tout de suite une excuse à ta façon de
faire, et tantôt ton jugement était contraire à celui que tu as maintenant. (On entend du bruit au de-
hors.) Qu'est-ce qu'il y a donc par là ?

La porte du fond s'ouvre avec fracas et l'on voit appa-

raître Clément entre un agent et un camelot qui tient
des journaux a la main.

SCÈNE V

Les Mêmes, L'AGENT, CLÉMENT,
LE CAMELOT.

LE CAMELOT.

Ah ! fripouille ! on va bien voir si ce que tu dis
est vrai !

VALENTIN.

Qu'y a-t-il ?

L'AGENT, au camelot

Un peu de silence, vous, hein ?

CLÉMENT.

Lâchez-moi donc, je ne vais pas me sauver.

LE CAMELOT.

Est-ce qu'on sait ?

VALENTIN.

Enfin, vous expliquerez-vous ?...

LE CAMELOT.

Il y a que monsieur est un filou qui a voulu me
refaire d'une thune; mais avec bibi ça n'prend pas.

BAUDRICOURT.

C'est une simple erreur.

LE CAMELOT.

Une erreur? Il nous a dit que son patron lui
avait commandé de la faire passer. J'y suis été tan-

tôt aux assises; j'ai vu mon copain Gilmard qui a
écopé de cinq ans de reclusion; y a pas d' danger
que j'essaye d'en faire autant que lui, je m'amu-
serai pas à passer de la fausse monnaie, mes moyens
me le permettent pas.

L'AGENT.

C'est pas tout ça! On s'expliquera chez le commissaire. Lequel c'est de vous deux qui a donné la
piece au commis?

BAUDRICOURT.

Monsieur l'agent, voulez-vous m'écouter?

L'AGENT.

C'est-y vous?

BAUDRICOURT.

C'est une simple erreur. C'est moi qui ai, en effet, remis la pièce a mon employé, ce camelot a
tort de jeter les hauts cris; je vais la lui changer
et tout sera dit.

LE CAMELOT.

Taratata! On la connaît, celle-là, C'est pas pac'
que vous êtes bien nippé et qu'vous êtes patron
qu'on vous fera des faveurs. Allons, ouste! Venez
avec nous chez l'commissaire; moi j'y dépose une
plainte.

BAUDRICOURT.

Monsieur l'agent, faites sortir cet individu qui
vient chez moi m'insulter grossièrement

LE CAMELOT.

De quoi? de quoi?

L'AGENT, au camelot.

Silence! vous (A Baudricourt) Y a d'l'erreur, c'est

2

possible, mais je n'ai pas qualité pour intervenir et trancher votre différend ; venez avec nous chez le commissaire et on verra voir à voir.

BAUDRICOURT, au camelot.

Voulez-vous dix francs à la place des cent sous ?

LE CAMELOT.

Oh ! la ! la ! En v'là un paroissien pas ordinaire ? il fait ce qu'il peut pour aggraver son cas, il cherche à m'corrompre ; ça n'mord pas, mon bonhomme, je n'marche pas. Allons ! Allons ! chez le commissaire.

L'AGENT.

Monsieur, venez avec nous, ça vaudra mieux.

BAUDRICOURT.

J'irai vous rejoindre dans un instant.

LE CAMELOT.

On la connaît, celle-là, mon petit père ; on dit ça et puis on s'tire, c'que j'ai vu tantôt m'a fichu en colère ; c'est pas trop tôt qu'un bourgeois trinque un peu. J'ai retenu le numéro de l'article, c'est le 132 ; vous en goûterez, d'la réclusion, et vous m'direz l'goût qu'ça a.

L'AGENT, au camelot

Allons, allons, en voilà assez ! Fermez ça ! (A Baudricourt.) Quant à vous, monsieur, il n'y a pas à tortiller, il faut venir avec nous.

VALENTIN, à l'agent.

Me permettez-vous de dire quelques mots à mon associé ?

L'AGENT.

Faites, monsieur !

VALENTIN, amenant Baudricourt à l'avant-scène.

Tu vois, je l'avais prévu. En attendant, me voilà seul responsable de toute la besogne pendant un temps assez long! parce que, si on te donne les circonstances atténuantes, ça m'épatera...

BAUDRICOURT, démoli.

Alors tu crois que...?

VALENTIN.

Je suis certain que tu n'y couperas pas. Clément, lui, bénéficiera de la dénonciation qu'il a faite et il sera acquitté, mais toi... Seulement, pour ton cas, ce sera de la justice; tantôt c'était de la légalité. (Il lui serre la main.) Au plaisir de te revoir.

L'agent, Baudricourt, le camelot et Clément sortent.

Rideau.

Imprimerie Générale de Châtillon-sur-Seine — A. Pichat

PIÈCES EN UN ACTE POUR HOMMES SEULS (*Suite*)

Imprimerie Générale de Châtillon-sur-Seine — A. PICHAT

www.ingramcontent.com/pod-product-compliance
Ingram Content Group UK Ltd.
Pitfield, Milton Keynes, MK11 3LW, UK
UKHW020129080726
13614UKWH00005B/2138